더러운
나의 불행
너에게
덜어 줄게

주한 프랑스문화원

Cet ouvrage a bénéficié du soutien des Programmes
d'aide à la publication de l'Institut français.
이 책은 프랑스문화진흥국의 출판 번역 지원 프로그램의 도움으로 출간되었습니다.

더러운
나의 불행
너에게
덜어 줄게

Le club des inadaptés

마르탱 파주 지음
배형은 옮김

내인생의책

차례

#01

부적응자 클럽과 오두막 본부

내가 예술을 좋아하는 이유는, 예술이 슬픔으로 무
언가를 만들 수 있다는 사실을 보여 주기 때문이다.
심지어 비관적인 영화를 만든다고 해도, 영화를 완성
하기 위해서는 낙관적인 자세와 열정이 필요하다. 마
음에 드는 역설이다.

1월은 이상한 달이다. 나는 조바심을 치며 1월을 기다리지만 동시에 겁이 나기도 한다. 새로운 한 해가 시작되면 어떤 일이 우리를 기다리고 있을지 모르니까. 마치 야생동물과 마주쳤을 때처럼 호기심과 불안을 한꺼번에 느끼게 된다. 그건 새로운 것을 발견할 기회다. 그렇지만 야생동물은 분명 발톱과 이빨이 있을 테고 더욱이 공수병에 걸렸을지도 모른다. 긴장을 늦추지 말아야 한다.

나, 바카리, 프레드, 에르완은 언제나 몰려다니곤 한

다. 우리의 정신 상태는 한마디로 요약할 수 있을 것이다. "우리 대 나머지 세상 전부." 이 말은, 우리한테는 세상에 만만한 게 아무것도 없다는 뜻이다. 우리는 자주 다른 애들의 놀림거리가 되며 (우리의 옷차림이나 별난 성격 때문에) 성적이 뛰어난 편도 아니다. (바카리만 빼고. 하지만 머리가 너무 좋아서 모든 사람을 짜증 나게 만들긴 한다) 그러다 보니 우리는 오랜 시간을 함께 보낸다. 프레드는 전자 기타를 치고 노래를 만들며 바카리는 수학과 물리에 미쳐 있다. 에르완은 뭐든지 기가 막히게 만들어 내는 데다 (토스터 기를 고치는가 하면 컴퓨터도 만들 수 있다) 심지어 늘 우아한 정장에 넥타이 차림이다. 만 열세 살밖에 안된 청소년이 그러고 다니면 눈에 안 띌 수가 없지.

우리는 반이 모두 다르기 때문에 (딱 한 번 같은 반이 된 적이 있었다. 선생님들은 우리가 서로 너무나 잘 맞아서 오랫동안 얌전히 있기 어렵다는 사실을 금세 깨달았다) 쉬는 시간에 또는 복도를 지나치다가 그리고 방과 후에 만난다. 주말에는 우리 본부에 모인다. 몇 년 전부터 버려져 있는 넓은 공터 구석에 본부를 꾸며 놓았다.

우리에게 연애 활동이란 없다. 작년에 마리와 세상에서 가장 짧게 사귀었던 일 이후로 (나를 좋아한다고 고백한 지 한 시간 만에 떠나간 그녀) 나는 여자애들을 멀리하기로 굳게 결심했다. (친구의 고통을 나눌 줄 아는) 내 친구들도 역시 조심스러워졌다. 내 마음은 여전히 아프다. 나는 여자애들을 멀리서 관찰한다. 시간을 갖자. 그러면 언젠가는 다시 만나게 되겠지.

반면에 집안 분위기는 많이 바뀌었다. 아빠의 상태가 나아졌다. 아빠가 인터넷에서 누군가를 만난 덕분이다. (아빠에게 미팅 사이트에 가입해 보라고 넌지시 권한 사람은 바로 나다. 그게 정말 먹힐지는 몰랐다는 사실을 고백해야겠다) 두 사람은 아직 실제로 얼굴을 본 적이 없다. 아빠는 자기 방에서 그 수수께끼의 여자와 메신저로 채팅을 하며 시간을 보낸다. 우울증에서 벗어났는지 술은 이제 마시지 않는다. 집안 분위기가 밝고 가벼워졌다. 몇 년 동안 없었던 일이다. 아빠는 나한테 그 여자에 대해 한마디도 하지 않는다. 나름 나에게 신경 써 주는 걸 거다. 내가 이해하지 못할 거라고 생각하는 게 뻔하지. 아빠가 다른 사람으로 엄마를 '대신하려' 하는 걸 내가 싫어할 거라고. 바보 같은 생각이다. 아빠가 행복하면 나도 행복한걸. 하지만 아빠 혼자 알고 있는 것도 그리 나쁘진 않을 것 같다. 마음의 준비가 되면 나에게 이야기를 꺼내겠지. 아빠가 그 여자를 만나게 된다면 말이다. 제발 좀 잘됐으면 좋겠다.

나는 엄마에게 이 소식을 알리려고 묘지로 갔다. 보통은 엄마에게 말을 하려고 엄마 무덤까지 갈 필요는 없다. 생각으로 말하는 거니까. 하지만 이건 특별한 일이기 때문에 직접 가서 말하고 싶었다. 나는 엄마 무덤 앞에 웅크리고 앉아서 아빠와 아빠의 인터넷 여자친구에 대해 이야기했다. 엄마가 이걸로 속상해하지는 않을 것이다. 엄마가 돌아가신 지 5년 만에 드디어 다시 사랑을 시작해도 된다고 생각한 아빠를 보면 엄마도 행복해할 거라고 생각한다.

우리 집 지붕은 상태가 안 좋아서 빗물이 스며든다. 그래서 벽을 덮은 이끼 같은 것을 없애려면 긁개로 벽을 긁어내야 한다. 아빠는 그 공사를 하겠다고 약속했다. 하지만 환자가 늘 조금밖에 들지 않아 공사할 돈이 없다. ('비자로 선생님은 믿음이 안 간다니까.' 이렇게 생각하는 사람들은 진짜 멍청이다. 우리 아빠는 천재적인 의사니까. 아빠가 잠옷이나 가운 바람으로 환자를 보는 건 사실이다. 하지만 그건 아빠의 실력과는 아무 상관이 없다고)

나는 영화를 보며 시간을 보낼 때가 많다. 가능한 한 빨리 친구들을 불러 피자를 한 판 데운 다음 소파에 자리를 잡고 앉아 영화를 본다. 한두 편, 가끔은 세 편을 연달아 보기도 한다. 내가 예술을 좋아하는 이유는, 예술이 슬픔으로 무언가를 만들 수 있다는 사실을 보여 주기 때문이다. 심지어 비관적인 영화를 만든다고 해도, 영화를 완성하기 위해서는 낙관적인 자세와 열정이 필요하다. 마음에 드는 역설이다. (나는 내가 역설을 좋아한다는 사실을 깨달았다)

다른 무엇보다 중요한 사실이 하나 있다. 나는 소설과 만화책 읽기, 영화 감상뿐만 아니라 이야기를 들려주는 것 역시 좋아한다는 점이다. 물론 굉장히 재미있는 이야기는 하나도 쓰지 못했지만, 큰 공책에 아이디어를 메모해 두곤 한다. 훈련 중이라는 뜻이다.

올해 1월은 꽁꽁 얼어 버릴 것처럼 춥다. 최근 몇 년 동안은 이렇게 춥지 않았다. 나는 얼어 죽지 않으려고 스웨터를 세 벌이나 차곡차곡 껴입었다.

공터에 있는 우리 은신처는 쾌적해졌다. 누구보다 우리의 공사 반장인 에르완의 공이 컸다. 에르완의 지시 아래 (그리고 바카리의 계산과 설계도 덕에) 은신처는 진짜 오두막집 같은 모습을 갖추었다. 우리는 널빤지로 바닥을 깔고 벽을 세웠다. 그리고 양철판으로 지붕을 씌웠다. 여기까지 마치는 데 몇 주일이 걸렸다. 당연히 우리는 이 일을 지난 11월에 하기로 했었다. 그래서 추위 속에서 일하는 '행운'을 누릴 수 있었다. 처음엔 견디기 어려웠지만 망치질과 톱질을 몇 번 하

다 보면 몸에서 금세 열이 났다. (그리고 그 기회에 에르완이 준비한 여러 가지 차를 맛볼 수 있었다)

우리는 우리 오두막에 가구를 채우기 시작했다. 소파 하나, 의자 몇 개, 테이블 하나를 놓았다. 에르완이 태양 전지를 설치해서 전기도 쓸 수 있게 되었다. 작은 발전기를 연결해서 천장에 매단 전등에 전기를 공급한 것이다. 에르완은 진짜 발명가다. 나는 늘 깜짝 놀라곤 한다.

나는 운 좋게도 다재다능한 친구들을 두었다. 프레드는 우리에게 자기가 만든 곡을 연주해 준다. 바카리는 천체물리학에 관한 이야기를 들려준다. (우리는 알아듣는 척하면서 고개를 끄덕거린다) 이 녀석은 우주에서 일어나는 일에 빠삭하다. (반면 프랑스에서 일어나는 일에 대해서는 전혀 모르고 있다고 나는 거의 확신한다) 그리고 나는…… 친구들이 말한 바로는 내가 반어법에 재주가 있단다. 이건 진짜 칭찬이라고 하기 어려운 칭찬이다. 반어법을 잘 쓰면 뭘 할 수 있지?

'반어가' 같은 직업은 없는걸. 내 생각에 나는 상상력이 풍부하고 참신한 아이디어를 떠올리는 재주가 있는 것 같다. 하지만 특별히 눈에 띄는 재주는 없다.

누가 우리 오두막을 망가뜨리거나 털어 갈까 봐 우리는 오두막을 쓰레기 벽 비슷한 것 뒤에 숨겼다. (문짝, 타이어, 널빤지, 석고판, 시멘트 포대가 오두막의 주요 자재다)

아직 완벽하지는 않다. 하지만 우리는 마침내 우리만의 장소를 갖게 되었다.

내 삶은 조용하고 유쾌했다. 피할 수 없이 닥쳐오는 사소한 기분 나쁜 일들은 이겨 낼 수 있을 만한 자신감이 있었다.

나는 잠시 새 학기 첫날이 안 좋게 시작되었다고 생각했지만 내가 틀렸다.

한 달 전, 우리 수학 선생님이 (이 선생님은 프레드네 반 수학 선생님이기도 하다) 출산 휴가에 들어갔다. 크리스마스 방학 전이었다. (멋진 선물, 고맙습니다) 방학이 시작될 때까지 수학 수업은 없었다. 나에게는 참 잘된 일이었다. 수학은 내가 가장 싫어하는 과목이기 때문이다. (하지만 나는 수학이 나를 싫어하는 거라고 생각한다. 그러니 내가 수학에 대해 나쁘게 말해도 전부

정당방위일 뿐이다) 그리고 마침내 새 선생님이 왔다
는 발표가 났다. 바로 보나세라 선생님이었다. 수학 없
는 학교생활이라는 꿈은 날아가 버렸다.

우리는 발을 질질 끌면서 교실로 들어갔다.

그리고 우리는 모두 좀 당황했다. 야구 모자에 선글
라스를 쓴, 수염이 덥수룩한 남자를 발견했던 탓이다.
그 남자는 카우보이처럼 꼰 다리를 책상 위에 턱 하
니 올려놓고 있었다.

이 선생님이 보통 사람이 아니라는 걸 모두가 금세
알아챌 수 있었다. 푹 눌러쓴 야구 모자 밑으로 어깨
까지 어수선하게 내려온 머리칼이 보였다. 선생님이
선글라스를 벗었다. 묘한 눈빛은 피곤해 보였고 오래
울기라도 한 듯 눈이 빨갰다. (마약 중독자의 눈빛과도
닮은 구석이 있었다)

보나세라 선생님이 비범한 교사라는 것은 단 한 시
간 만에 밝혀졌다. 선생님이 내가 수학을 사랑하게 하
는 데 성공했다고까지는 말할 수 없지만, 어쨌든 나에

게 수학에 대한 흥미를 불러일으켰다.

선생님은 숫자에 대해 말하면서 숫자가 아니라 친숙한 동물이나 숲의 요정에 대해 말하듯 했다. 더 좋았던 점은 마치 숫자들과 친구인 양 이야기했다는 것이다. 문제 풀이는 마음을 들뜨게 하는 모험과 같았다. 선생님은 숫자들과 사랑에 빠진 것처럼 보였다. 선생님의 열정이 어찌나 활활 타올랐던지 우리는 모두 입을 헤벌린 채 들었다.

당연히 나는 이 모든 이야기를 바카리에게 들려주었고 바카리는 당장 선생님을 만나러 갔다. 보나세라 선생님이 바카리의 영웅이 되는 데는 단 한 번의 대화로 충분했다. 바카리는 쉬는 시간에 다시 선생님을 찾아가서 자습 시간에 자습 대신 보나세라 선생님의 수업을 듣게 해 달라고 부탁했다. 보나세라 선생님은 바카리에게 수학과 논리, 물리에 관련해 읽을 만한 책들을 추천해 주었다.

그러나 모든 일이 장밋빛으로 흘러가지는 않는 법

이다. 그렇게 되기만 하면 더 바랄 일이 없겠지만. 바카리는 맨 처음 보나세라 선생님을 만나고 온 뒤, 운동장에 있는 우리를 발견하고 심각한 표정으로 다가와 이렇게 속삭였다. (바카리는 속삭이는 데 천재적인 재능이 있다)

"선생님, 술 마셨나 봐. 숨 쉴 때 보드카 냄새가 나던데."

우리는 이 말을 듣고 슬픔에 잠겼다. 보나세라 선생님이 더욱 친근하게 느껴졌다. 아마 선생님은 새로운 중학교에서 첫 수업을 하게 된다는 사실에 근심에 사로잡혀 술을 마셨을 것이다. 개인적인 문제가 있을지도 모른다. 진짜 이유가 뭔지는 모른다. 하지만 선생님의 특이함, 숫자에 대한 열정, 음주 문제 가능성 덕분에 우리는 선생님이 더 가깝게 느껴졌다. 선생님도 우리 중 하나인 것만 같았다. 희한한 선생님. 프레드가 선생님을 우리 모임에 끼워 주자고 제안했다. 우리는 모두 동의했다. 대단한 자리는 아니지만 선생님은 우리 부적응자 클럽의 명예 회원이 되었다.

이어서 프레드는 장작 난로 이야기를 꺼냈다. 난로가 어느 건물 앞에 버려져 있는 걸 봐 두었다고 했다. 우리는 방과 후에 그 건물로 가서 난로를 주워 우리 본부로 옮겼다. 우리 오두막에 부족한 한 가지가 바로 난방 장치였다.

우리가 질식사하는 일이 없도록 에르완이 환기가 잘 되는지 확인했다. 그리고 쉽게 불이 붙을 만한 물건은 전부 멀리 치웠다. 밤이 내리기 시작할 무렵 에르완은 양철 지붕에 고정한 전구에 불을 밝혔다.

우리는 신문지와 궤짝을 부숴 난로에 조금 넣었다. 에르완이 성냥으로 불을 붙였다. 중앙난방 장치만큼 따뜻하진 않아서 어쨌든 스웨터를 입고 있어야 했지만 적어도 기분은 좋았다. 우리는 소파에 자리를 잡고 만화책을 읽으며 이야기를 나눴다. 오후가 아름답게 저물어 가고 있었다. 해가 지고 밖은 쥐 죽은 듯 조용했다. 나무 타는 냄새가 환상적이었다.

그러나 우리는 모르고 있었다. 이렇게 감미롭고 행복한 시간이 앞으로 우리에게 오랫동안 찾아오지 않으리라는 것을.

#02
불행은 기러기 떼처럼 몰려온다

우리가 이런 일에 예민하게 반응한 적은 한 번도 없었다. 하지만 적어도 이번만은 싸우고 싶은 기분이 들었다. 행동하고 싶었다. 우리는 습관적으로 의욕을 잃고 축 늘어지곤 했다. 하지만 이번엔 달랐다. 분노가 온몸을 휘감으며 폭발적인 에너지를 만들어 냈다. 우리는 우리 선생님을 변호하고 싶었다.

집에 들어가기 전, 나는 저녁거리를 사려고 슈퍼에 들렀다. (냉장실도 냉동실도 텅텅 비어 있는데 아빠는 장 볼 생각을 눈곱만큼도 하고 있지 않을 게 확실하다) 나는 슈퍼마켓을 좋아한다. 거기서는 선택이라는 것을 할 수 있기 때문이다. 하지만 심각한 선택은 아니다. 알록달록하고 맛 좋은 (제발 그렇기를) 선택이다. 어떤 의미에서 바보 같은 생각이라는 건 잘 알고 있다. 하지만 오늘 저녁, 나는 우리 동네 슈퍼에서 시와 아름다움을 찾아내기로 결정했다.

우리가 공터 앞에서 헤어진 지 한 시간 반쯤 뒤, 에
르완이 병원에서 나에게 전화를 걸어 왔다. 나는 막
집에 도착해서 짐을 풀고 냉장고 안에 먹을 것을 정리
해 넣고 있었다. 에르완은 이렇게 말했다.

"나 병원에 있어. 하지만 괜찮으니까 걱정하지 마."

괜찮을 리가 없었다. 천만의 말씀. 에르완이 두들겨
맞았다. 집으로 돌아가던 길, (어른들의 전문 용어를 빌
려 표현하자면) 질 나쁜 아이들이 자주 다닌다고 소문
난 거리를 지나다가 당한 일이었다.

나는 에르완에게 곧 가겠다고 말했다. 그런 뒤 바카
리와 프레드한테 전화를 걸어 이 소식을 알리고 병원
앞에서 만나기로 했다. 아빠는 방에서 인터넷 여자 친
구와 채팅 중이었다. 나는 메모를 써서 식탁 위에 두
고 나왔다.

엄마가 돌아가신 뒤로 나는 병원에 가지 않았다. 확
실히 나는 그곳을 좋아하지 않는다. 무서운 장면들이
머릿속에 떠오른다. 그리고 마음속을 휘젓는다. 사람

들은 병원이 현대적이며 깨끗하다고 믿게 하려 한다. 하지만 병이란 것에는 전혀 현대적일 것도 깨끗할 것도 없다. 병원은 공항보다 오히려 선사시대 사람들의 움막에 더 가깝다. 새 건물을 지어 새하얗게 칠해 놓는다 한들 병원은 케케묵은 장소이고 앞으로도 그럴 것이다. 차라리 사방에 부적을 덕지덕지 붙이고 벽을 색색으로 칠하는 편이 나을 것이다. 복도에는 환자들을 그려 놓으면 좋을 것 같다. 선사시대 사람들이 표적으로 삼은 적들을 동굴 벽에 그려 놓았던 것처럼 말이다.

내가 도착했을 때 바카리는 이미 와 있었다. 5분 뒤 프레드가 합류했다. 우리 친구는 과연 어떤 상태일까? 우리는 접수처에 가서 에르완의 이름을 댔다. 접수처에 있는 여자 직원은 우리가 에르완의 가족인지 친구인지 물었다. 우리는 가족이라고 대답했다. (쫓겨날 위험을 감수하고 싶지는 않았다. 게다가 사실 우린 마음속으로는 우리 모두 가족이라고 생각하고 있었다) 직원은 우리를 믿지 않았지만, 웃으면서 에르완이 어디 있는 지 가르쳐 주었다.

에르완은 복도에 있는 긴 의자에 앉아 있었다. 턱 에는 천을 대었고 이마에는 밴드를 붙였으며 왼손에 는 붕대를 감고 있었다. 부모님이 에르완의 얼굴을 쓰 다듬으며 애정을 가득 담아 에르완을 감싸고 계셨다. 에르완은 엄청나게 다쳤다. 무척 놀란 것 같았다. 그렇 게 넋 나간 얼굴은 처음 봤다. 몸의 고통보다 마음의 고통이 더 큰 것 같았다. 자기가 왜 그런 일을 당해야 했는지 이해하지 못하고 있었다. 사실 에르완이 에르 완이라는 것 말고는 아무 이유도 없었다.

에르완은 내가 아는 사람 중에 가장 착하다. 단 한 번도 남을 나쁘게 말하거나 목소리를 높인 적이 없다. 에르완에게 이런 일이 일어나는 건 불공평하다.

에르완의 부모님이 약 처방에 대해 의사와 이야기 하려고 자리를 떴다. 우리는 에르완의 등을 두드려 주 며 우리의 우정을 표현했다. 다들 이런 일을 당한 건 처음이었기 때문에 어떻게 해야 할지 알 수가 없었다. 우리는 서툴게 에르완을 위로하려고 했다.

내가 분위기를 좀 누그러뜨려 보려고 말했다.

"제일 먼저 당하는 건 나일 줄 알았는데. 어쨌거나 난 안경을 썼잖아."

프레드가 짜증 난 표정으로 나를 밀며 이의를 제기했다.

"그럴 리가! 처음은 당연히 내가 되었어야지. 난 머리가 초록색이잖아."

프레드는 몇 달 전 머리를 염색했는데 지금도 초록빛이 남아 있었다. 그 때문에 프레드가 다른 애들에게 조롱과 협박을 받았던 건 사실이다. 바카리가 말했다.

"친구들아, 너희 다 틀렸어. 제일 처음 당하는 건 나였어야 해."

프레드와 나는 각자 이유를 대며 자기가 먼저라고 우겨댔다. 누가 먼저 공격을 당했어야 하는지 철저히 논리적으로 따져 보자며 티격태격 하는 우리를 보고 에르완은 웃음을 되찾았다. 사실 우린 모두 잠재적인 희생양이었다. 우리가 괜히 친구가 아니다. 많은 이들을 기분 나쁘게 만들고야 마는 이상한 놈들인 것이다.

나는 에르완에게 어쩌다가 맞게 됐는지, 누가 때렸는지 아느냐고 물었다. 하지만 에르완은 아는 게 별로 없었다. 놈들이 에르완을 뒤에서 덮쳤기 때문이다. 에르완은 처음 몇 대를 맞자마자 기절했다고 한다. 짐작가는 놈들이 너무 많았다. 학교에 돌아다니는 놈들. 정장 입은 청소년을 (조끼와 잘 다린 바지를 입고 넥타이를 매고 광나는 가죽 구두를 신었다) 비웃으며 좋은 먹잇감으로 생각하는 멍청이들.

에르완이 습격당한 일은 우리의 달콤한 상상을 산산조각냈다. 우린 새해는 다를지도 모른다고 생각하고 있었다. 하지만 그렇게 되지 않을 것이다. 병원의 노란 조명이 우리 얼굴에 슬프고 우울한 그림자를 드리웠다. 친구가 당한 주먹질에 우리 모두가 상처를 입었다.

에르완의 부모님이 에르완더러 우리 집에서 저녁을

먹어도 된다고 허락해 주셨다. 그리고 우리 모두를 우리 집까지 태워다 주셨다.

나는 피자 한 판을 전자레인지에 넣었다. 프레드가 우리 아빠의 오래된 기타를 가져와서 어떤 곡을 연주하기 시작했다. 하지만 노래가 어찌나 구슬펐던지 우리는 멈춰 달라고 부탁했다. 전자레인지가 삑삑대며 피자가 다 됐다고 알렸다. 나는 새로 한 판을 집어넣었다. 그리고 피자를 좀 떼어 방에 있는 아빠에게 가져다주었다. 아빠가 무척 행복해 보여서, 무슨 일이 일어났는지 말하지 않기로 했다. 아빠도 조금은 행복할 권리가 있다. 그런 권리를 누릴 만하다.

우리는 드라마를 한 편 보았다.

학교는 더욱 불안한 곳이 되었다. 우리는 우리 중 누군가가 두들겨 맞는 날이 언젠가 올 거라는 사실을 알고 있었다. 한번 두고 보자고 말한 놈도 있었고 우리에게 침을 뱉은 놈도 있었고 우릴 놀려 대는 놈도 있었다. 막연히 감돌던 위협적인 분위기가 현실이 된 것뿐이다.

에르완이 당한 일을 계기로 우리는 우리가 남들과 다르다는 사실을 새삼 깨달았다. 내 생각에 그 주먹질은, 남들과 다르게 구는 건 그만두고 규칙을 따르라고 명령하는 것 같았다. 하지만 역설적이게도 우리는 다른 사람들과 어울려 살아가기 위해 노력할 마음이 한층 더 줄어들고 말았다. 남들과 더욱더 거리를 두게 되었다. 아마 따돌림과 괴롭힘은 더 심해질 것이다. 자, 인생의 악순환에 접어드신 것을 환영합니다.

다행히 적어도 한 가지 긍정적인 일이 있었다. 바로 새로운 수학 선생님의 존재였다. 흐린 하늘에 한줄기 햇빛과 같달까. 나는 선생님의 수업에 빠져들었다. 이제까지 무시무시한 괴물로 보였던 수학이 순한 애완동물이 되었다. 이 사실에 나는 다시 용기를 얻었다. 구질구질한 일만 있는 건 아니었다.

새 선생님이 오자마자 학생들은 선생님을 시험할 생각으로 성가신 질문을 던져 댔다. 예를 들어 어떤 학생이 보나세라 선생님에게 수학은 어디에 쓸모가 있느냐고 물었다. 이건 고전적인 도발(이자 멍청한 관습)이었다. 선생님이 어떻게 반응했느냐고?

보나세라 선생님은 책상 위에 놓여 있던 분필을 들

어 올렸다. 그리고 우리 쪽으로 몸을 돌렸다. 선생님의 표정에는 힘이 실려 있었다. 질문한 학생은 얼굴이 붉어졌다. 침묵은 족히 일 분 정도 이어졌다. 나는 선생님이 망설이는 것을 느꼈다. 선생님은 한 손가락으로 입술을 문지르더니 이렇게 말했다.

"여러분이 학교에서 배우는 수학은 수학을 싫어하게 만드는 데 쓸모가 있지. 국어 수업이 문학을 싫어하게 만드는 것처럼 말이야. 나는 여러분이 수학을 좋아하게 만들 생각이야. 수학이 뭐에 쓸모가 있어서가 아니라 (사실 쓸모가 있긴 해. 나를 믿도록) 수학은 진짜 멋진 데다, 인생을 살아가려면 아름다운 것이 필요하기 때문이지. 점수가 좋든 말든 그건 중요하지 않아. 그렇게 될 거야. 나는 여러분이 문제를 해결하면서 기쁨을 느낄 수 있다는 걸 알았으면 좋겠어. 쉬운 일은 아니지. 노력이 필요해. 하지만 지겹다고 몸부림을 치면서 공부하게 하진 않겠어. 우리는 재미있고 즐겁게 숫자들과 친구가 될 거야."

학생들은 어안이 벙벙해져 가만히 듣고만 있었다. 어떤 아이들은 선생님이 농담을 한다고 생각한 한편, 웃음을 터뜨리는 아이들도 있었다. 하지만 보나세라 선생님은 아이들을 지그시 바라보았다. 결국 선생님이 허튼소리를 하는 게 아니라는 걸 모두가 알게 되었다. 사실 정신 나간 이야기처럼 들릴 수도 있었다. 선생님이 점수가 좋거나 말거나 상관없다는 식으로 말하다니.

그리고 나는, 행복했다.

수업이 모두 끝난 뒤 나와 프레드, 바카리는 공터에 있는 우리 오두막에 모였다. 에르완은 오늘 집에 있었다. 의사가 그렇게 하라고 했기 때문이다. 며칠 지나야 학교에 다시 나올 것이다. 에르완은 우리에게 자기 집에 들르지 말아 달라고 부탁했다. 혼자 쉬고 싶다고 했다.

프레드가 테이블 앞에 앉아서 뭔가 쓰고 있었다. 프레드는 에르완에게 일어난 일을 노래로 만들고 싶어 했다. 셋만 있으니 기분이 이상했다. 에르완이 빠지자

작은 우리 모임의 균형이 흔들리고 있었다.

바카리가 자기만의 아이돌인 보나세라 선생님 이야기를 꺼냈다. 선생님이 추천해 준 책 중 한 권을 샀다고 한다. 에르되시라는 수학자의 전기였다. 에르완이 책에서 읽은 문장을 하나 들려주었다.

"오직 풀어 볼 가치가 있는 문제들만이 우리에게 응수하며 자기 가치를 증명한다."

우리는 이 문장에 대해 깊이 생각해 보고 토론을 벌였다.

"나는 문제가 응수 같은 거 안 했으면 좋겠는데."

내가 말했다.

"맞아. 우릴 좀 내버려 뒀으면 좋겠어."

프레드가 맞장구쳤다.

하지만 문제들이 우리 생각과 다른 결정을 내렸다는 건 분명해 보였다. 단순한 일은 아무것도 없고 모든 게 피곤했다. 싸워야 한다고? 선택의 여지가 없다고? 네 알겠습니다, 친애하는 문제 여러분. 도전해 보도록 하지요.

바카리가 그 문장을 벽 널빤지 위에 썼다. 손이 조
금 떨리고 있었다.

불행은 기러기 떼처럼 몰려온다고들 한다. (아주 욕심 많은 기러기일 것이다) 바카리네 아빠가 줄곧 일해왔던 정원 관리 회사에서 해고당했다. 사장이 더 젊고 더 잘 버티고 덜 비싼 직원을 쓰고 싶었나 보다.

바카리는 수업 중에 불안 발작을 일으켰다. 몸이 뻣뻣하게 굳어졌고 숨 쉬기 힘들어했다. 바카리는 쉬는 시간까지 양호실에 있었다.

그게 다가 아니었다. 불행은 이어졌다.

나는 교실 문 앞에서 보나세라 선생님의 수업을 기

다리고 있었다. 하지만 나타난 사람은 교무 주임 선생님이었다. 선생님은 우리에게 보나세라 선생님이 오지 않을 거라고 알렸다. 교무 주임 선생님은 친절해서 누구나 선생님을 좋아했다. 우리가 이유를 물어 대자 선생님은 결국 보나세라 선생님이 정직(停職, 공무원에 대한 징계의 하나로 일정 기간 직무에 종사하지 못함) 처분을 받았다고 털어놓았다. 왜요? 교무 주임 선생님은 잠시 머뭇거렸다. 그러더니 보나세라 선생님에게 음주 문제가 있었고 선생님의 교육 방식도 만족스럽지 못했다고 말했다. 아마 이 일이 우리에게도 경종을 울릴 기회라고 생각한 것 같았다.

믿을 수 없을 만큼 아름다운 현실이다. 그런 선생님을 빼앗길 수밖에 없다니.

나는 불행이 밀물처럼 불어나서 모든 것을 휩쓸어 가는 홍수가 되려는 모습을 지켜보고 있었다.

프레드와 바카리가 쉬는 시간에 나를 찾아왔다. 나는 계속 서성거리고 있었다. 초조해서 어쩔 수가 없었다. 나는 둘에게 끔찍한 소식을 전했다. 프레드는 폭발했다. ("뭐라고? 젠장, 말도 안 돼!") 반면 바카리는 조용했다. 온갖 생각이 바카리의 머릿속에 맴돌고 있어서 무슨 말로 분노와 실망과 슬픔을 표현해야 할지 몰라서였다. 바카리가 입을 뗐다.

"안 돼……."

그리고 바카리는 또 발작을 일으킬 기미를 보였다. 우리는 바카리를 다시 양호실로 데려다 주었다.

프레드와 나는 복도에서 기다렸다. 우리가 이런 일에 예민하게 반응한 적은 한 번도 없었다. 하지만 적어도 이번만은 싸우고 싶은 기분이 들었다. 행동하고 싶었다. 우리는 습관적으로 의욕을 잃고 축 늘어지곤 했다. 하지만 이번엔 달랐다. 분노가 온몸을 휘감으며 폭발적인 에너지를 만들어 냈다. 우리는 우리 선생님을 변호하고 싶었다.

우리는 쉬는 시간 동안 편지를 썼다. 이렇게 시작되는 편지였다.

"열정적인 알코올 중독자 선생님들은 내버려 두고 지겨운 선생님들을 혼내 주세요."

흠, 시작이 좋군.

수업에 들어오기 전에 술을 마시는 게 좋다는 말은 아니다. 하지만 그건 누구보다 보나세라 선생님 자신에게 안된 일이고, 선생님은 도움을 받아야 할 것이다. 그런 일에서 우리가 보호받아야 할 필요는 없다. 그건 바보 같은 생각이다. 선생님이 술을 마시기 때문에 우리가 나쁜 본을 배우게 된다는 구실로 선생님을 자르는 건 최악의 위선이라는 뜻이다. 나쁜 본은 사회를 통해, 전쟁을 통해, 부패를 통해, 너도나도 돈과 소비를 최고라고 여기는 세상을 통해 날마다 배우고 있다. 우리 우울한 천재 선생님에게 배우는 게 아니란 말이다. 보나세라 선생님을 도와주세요. 선생님과 이야기를 나눠 보세요.

사람들은 우리를 알코올 중독자 교사에게서 보호하려는 게 아니라, 이제까지 싫어했던 것을 좋아하게 만들어 주려는 유별나고 이상한 교사에게서 보호하려는 것이다. 교장과 교육 당국이 참을 수 없는 건 바로 그 점이다. 학부모들의 마음을 불편하게 하는 것도 바로 그 점이다. 술은 핑계에 불과하다.

우리는 이렇게 편지를 끝맺었다.

"우리에게 알코올 중독자 선생님들을 돌려주세요."

우리는 이 문장에 밑줄을 세 번 그었다. 그리고 마지막 수업이 끝난 다음 교장 선생님 앞으로 되어 있는 우편함에 편지를 넣었다.

우리는 넘어서는 안 될 선을 넘었다는 사실을 알고 있었다. 이 편지 때문에 대가를 치러야 할 것이다. (바로 그래서 우리는 이 일에 바카리를 끼우지 않기로 했다. 걔네 부모님은 굉장히 엄격하다) 하지만 화가 나서 눈이 돌아 버린 우리는 아무것도 겁나지 않았다. 우리는 해야 한다고 생각한 일을 했다. 충동적으로 저지른 무모한 행동이었지만 이 일을 해내지 않았다면 우리 자신에게 부끄러움을 느꼈을 것이다.

에르완이 자기 집에 놀러 오라고 우리에게 전화를 걸었다. 에르완네 부모님은 평소처럼 우리를 맞아 주셨다. 집에서 만든 케이크를 내주셨다는 뜻이다. 우리는 에르완네 집에 갈 때마다 새로운 케이크를 대접받았다. 에르완네 부모님은 정말 상냥하고 섬세한 분들이다. 두 분 다 일 때문에 무척 바쁘셨다. 그래서 에르완은 충분히 발명에 시간을 쏟을 수 있었다.

에르완은 평소처럼 정장을 입고 있었지만 다리지 않은 옷을 입은 것은 처음이었다. 우리의 눈길을 사로

잡은 건 에르완의 얼굴에 붙은 반창고가 아니라 슬픈 시선이었다. 무기력에 찌들어 더욱 심해진 슬픔.

에르완네 아빠가 케이크를 차려 주고 나가셨다. 아들이 친구들에게 둘러싸여 있는 모습을 보니 안심이 된 모양이었다.

에르완에게 오늘의 나쁜 소식을 전부 알려 주어야 했기에 나는 바카리네 아빠가 실직하셨다고 이야기했다. 에르완의 눈빛이 어두워졌다. 에르완은 바카리의 어깨에 손을 올렸다. 바카리는 커다란 케이크 조각을 입안에 욱여넣더니 캑캑거리기 시작했다. 덕분에 눈물 몇 방울 흘린 것에 대해 구실을 댈 수 있었다.

내가 보나세라 선생님이 정직당했다고 이야기하자 에르완의 표정이 굳어졌다. 사실 에르완은 보나세라 선생님에게 배운 적이 없었다. 하지만 우리가 선생님에 관해 이야기했던 것만으로도 에르완은 선생님에게 충분히 정이 들었다.

에르완이 짜증을 냈다.

"왜 우리야? 왜 또 우리냐고? 왜 우리는 보통 중학생이 아닌 거야? 왜 우리만 여자 친구가 없지? 우리 말고 욕먹고 맞는 애가 누가 있어? 아픈 건? 부모님이 돌아가신 애들은? 부모님이 실업자가 되는 건? 왜 우리가 제일 좋아하는 선생님이 잘리는 거야? 우린 학교에서 최고로 저주받은 네 명이야. 지긋지긋하다고!"

우리는 에르완을 부둥켜안았다. 우리에게 익숙한 동작은 아니었지만 텔레비전 드라마에서 하도 봐서 그런지 자연스럽게 느껴졌다. 우리는 절망적이었다. 내 머릿속엔 어떤 반어법 표현도 떠오르지 않았다.

우리는 다시 간식을 집어 들었다. 케이크가 갑자기 석고 덩어리처럼 느껴졌다. 케이크를 씹고 있었지만 아무 맛도 느낄 수 없었다. 케이크의 맛을 즐길 수 없게 된 것이다.

인생이 언제까지나 힘들 것만 같았다. 우리가 섬세하고 연약한 탓에 남들보다 상처를 더 많이 받는 것만 같았다.

보나세라 선생님을 옹호하는 우리의 편지는 폭탄을 하나 터뜨린 만큼의 위력을 발휘해, 급기야 아빠를 자기 방에서 나오게 했다. 교장 선생님이 아빠를 호출한 것이다. 선생님은 즉시 아빠를 만나서 내가 저지른 것으로 보이는 차마 말로 표현할 수 없는 행동에 대해 이야기하고 싶다고 했다.

　　아빠가 나를 찾으러 왔을 때 나는 소파에서 그림을 그리고 있었다. (좀 더 정확히 말하자면 그림을 그리려 하고 있었지만 그게 그리 중요한 문제는 아닌 것 같다)

나는 마음이 편치 않았다. 우리 아빠는 쿨한 사람이지만 나의 교육에 대해서는 높은 기준을 세워 두고 있었다. 아빠가 어떻게 반응할지 알 수가 없었다. 아빠는 나에게 설명을 요구했다. 나는 무슨 일이 있었는지 전부 털어놓았다. 새 수학 선생님이 얼마나 멋졌는지, 그 선생님을 정직시킨다는 게 얼마나 불공평한지. 그리고 이 저주받은 새 학기와 에르완이 당한 공격, 바카리네 아빠의 실직까지, 이런 일이 일어나게 된 이유를 대강 이야기했다. 나를 변호하기 위해서가 아니었다. 내가 그때 무척 예민해져 있었다는 걸 알리고 싶어서였다.

아빠는 나를 잘 안다. 내가 분별력 있고 아무 말이나 하지 않는다는 것도 안다. 아빠는 나에게 잘 알겠다고 말했다. 그뿐만 아니라 자기가 최근까지 (인터넷에서 수수께끼의 여자를 만나기 전까지) 술을 너무 많이 마셨다는 것도 아주 잘 알고 있었다. 아빠는 온종일 메신저로 수다를 떠느라 아무것도 눈치 채지 못한 것을 뉘우치는 듯했다. 그래서 아빠는 다시 아빠가 되기로 결심했다. 그리고 나에게 걱정하지 말라고, 아빠가 다 처리해 주겠다고 말했다.

아빠가 파자마를 벗기로 한 건 아주 좋은 생각이었다. 아빠는 정장을 입고 (나는 왕진 가방을 들고 가면 어떻겠냐고 제안했다. 그건 언제나 사람들에게 강한 인상을 주니까) 교장 선생님을 만나러 갔다. 우리 아빠는 교장 선생님을 만나거나 교육에 대해 상담한 일이 이때까지 한 번도 없었다. 나는 신중한 학생이니까.

교장 선생님은 아빠에게 내가 쓴 편지를 읽어 주고 어떤 점에서 이 편지가 심각하며 걱정스러운지 설명했다. 알코올 중독을 가볍게 여겨서는 안 되며 이 선생님의 교육관은 상식을 벗어나 있었다고도 말했다. 젠장, 그래서 내가 뭘 잘못했다는 건데?

아빠는 교장이라는 사람들이 마음에 들어 할 만한 상투적인 말로 대답하고는 연신 머리를 조아렸다. 교장 선생님에게 대놓고 반대할 수는 없었다. 그랬다가는 내 재학 이력이 위험해질 테니까.

아빠는 자기가 힘든 시간을 지나온 데다 일을 너무 많이 하다 보니 나에게 신경을 쓰지 못했다고 했다. 그래서 내가 아빠의 관심을 끌어서 위험 신호를 보내려고 그런 일을 한 것 같다고 말했다. 꼭 내 행동에 아빠가 책임을 지겠다는 것처럼 말이다.

또한 내 심리 치료사가 마음속 걱정을 겉으로 표현하라고 충고했기 때문에 이 편지는 치료 목적에서 써 본 거라고도 말했다. (심리 치료사 선생님은 그런 말을 한 적이 없지만 한 셈 쳐야 할 것이다) 그리고 보나세라 선생님을 도와줘야 한다고, 벌만 주어서는 아무 도움이 되지 않을 거라고 덧붙였다.

아빠가 교장 선생님을 솜씨 좋게 구워삶은 덕에 프레드와 나는 징계 위원회에 불려 가는 것을 피했고 생활기록부도 깨끗하게 유지할 수 있었다. 일주일 정학을 받기는 했지만 말이다.

집에 돌아온 아빠는 예상대로 술을 두고 한바탕 설

교를 늘어놓았다. 끔찍한 설교였다. 그리고 편지를 아
주 잘 썼다고 칭찬했다.

음, 그 말은 마음에 들었다.

#03

불행을 평등하게 나눠 주는 기계

개들은 돈도 많고 인기도 좋고 절대 아프지도 않다.
유행하는 옷을 입고 성적도 좋다. 개들 부모님은 죽
지도 않았고 실업자가 되는 일도 없다. 그런 애들이
학교를 지배하고 있다. 어딜 가든 느긋하다. 멋진 그
아이들은 우리를 무시한다.
나는 마음 한구석에서 그 기계가 정말 작동하기를 간
절히, 간절히 바라고 있었다.

솔직히 말하겠다. 일주일 동안의 정학은 우리에게 방학이나 다름없었다.

에르완도 병원으로부터 좀 더 쉬어야 한다는 진단을 받았기 때문에 우리 중 바카리만 수업을 들었다. 바카리가 수업을 하나라도 놓치게 되었다가는 걔네 부모님이 가만있지 않을 것이다.

프레드와 나는 비디오 게임을 하거나 오두막을 정리하면서 꽤 많은 시간을 보냈다. 영화도 보았다. 불행히도 프레드네 부모님과 우리 아빠가 우리가 학교에서 내 준 숙제를 제대로 하고 있는지 지켜보고 있었기 때문에 날마다 몇 시간은 공부했다. 학구열에 불타는 방학이었던 셈이다.

에르완을 만날 수는 없었다. 집에다 몇 번 전화를 걸었지만 부모님이 받아서 에르완은 좀 쉬어야 한다고 말했다. 지나가다가 문을 두드려 보기도 했지만 에르완은 열어 주지 않았다. 나는 걱정이 되었다.

줄곧 연락한 덕분에 닷새째 되는 날인 토요일, 드디어 에르완이 나를 받아들였다. 에르완은 다른 사람이 된 것 같았다. 지쳐 있으면서도 흥분한 기색이었다. 최면에라도 걸린 것 같았다. 말도 빨라졌다. 손과 셔츠에는 검은 얼룩이 묻어 있었다. 얼굴과 손에는 여전히 붕대를 감고 있었다. 그리고 못쓰게 된 모직 정장에 좀먹은 모직 넥타이를 매고 있었다.

에르완은 어떤 기계를 만들고 있다고 나에게 설명했다.

우리는 차고로 갔다. 부모님이 차고를 에르완에게 주었기 때문에 에르완은 여기서 발명품을 만들고 조립할 수 있었다. 안은 어두웠다. 화학 약품 냄새가 코를 찔렀다. 굵기가 다양한 색색의 전선이 바닥에 뱀처럼 구불구불 이어져 있었다. 에르완이 몇 년 전부터 만들어 온 온갖 물건이 상자 안이며 선반 위, 바닥을 가리지 않고 아무 데나 대충 쌓여 있었다. 라디오며 컴퓨터, 모터, 풍력 발전기, 전자 트럼펫 그리고 다양한 버전의 바퀴벌레 덫 등이었다.

나는 에르완에게 물었다.

"무슨 기계?"

"공평하게 만들어 주는 기계."

나는 무슨 소린지 모르겠다는 표정을 지었다. 예감이 좋지 않았다.

"불행을 평등하게 나눠 주는 기계를 발명하고 있어. 맨날 똑같은 사람만 불행하지 않도록 말이지."

에르완은 횡설수설하고 있었다. 내가 말했다.

"네가 원하는 건 뭐든지 만들 수 있는 천재인 건 맞아. 그래도 아무거나 다 만들 수 있는 건 아니라고. 그건 말도 안 돼. 그런 기계는 있을 수가 없어."

에르완은 테이프로 종이를 붙여 놓은 벽 앞으로 나를 데려갔다. 우리가 알고 있는 행성들을 바탕으로 그린 우주의 모습이 그려져 있었다. 한복판에는 두 팔을 벌린 사람이 우주에 떠 있는 것처럼 서 있었다.

"네가 틀렸어."

에르완은 단호한 어조로 우주의 본질에 대해 모호한 설명을 시작했다. 에르완에 따르면, 우주에는 눈에 보이지 않는 우주의 구조를 이루는 전류가 흐르고 있다고 한다. 이 흐름이 세계에 어떤 균형을 유지하며 우리에게 영향을 준다. 따라서 다른 흐름을 만들어 내면 원래 흐름에 변화를 가져올 수 있다.

차고 안의 어둠 때문에 에르완의 모습은 한층 더 인상적으로 보였다. 에르완은 열병에라도 걸린 사람 같았다. 목소리 톤도 평소와 달랐다. 에르완이 말을

이었다. 학교는 나름의 균형을 유지하고 있는 인간 공동체다. 그리고 이 균형은 적당하지 않다. 만약 학교를 다른 전류의 흐름에 노출한다면 이 균형을 깰 수 있다. 그러면 모든 게 변할 것이다.

"내 말을 믿어. 이 문제에 대해서 책을 많이 읽어 봤어. 문제가 뭔지 알고 있다고."

에르완이 결론을 내렸다.

내 머릿속에 떠오른 영상은, 연구실에서 시체 조각을 모아 만든 사람에게 숨을 불어넣는 데 몰두해 있는 프랑켄슈타인 박사의 모습이었다. 에르완은 미친 과학자로 변하고 말았다. 우리는 소설 속이 아니라 현실 세계에 있다는 게 다른 점이지만. 그러니 에르완은 자기 기계를 작동시킬 수 없을 거다. 에르완은 미쳤다.

나는 그런 건 내버려 두고 함께 나가자고 에르완을 설득했다. 나가서 바카리, 프레드랑 같이 영화나 보자. 하지만 에르완은 아무 말도 듣고 싶어 하지 않았다. 에르완이 굳은 목소리로 말했다.

"지금은 날 좀 내버려 둬."

에르완은 단 한 번도 나에게 기분 나쁘게 군 적이 없었다. 어떻게 반응해야 하지? 설교를 늘어놓을까? 에르완네 부모님에게 말해야 할까? 나는 말없이 서 있었다. 몸이 꼼짝도 하지 않았다. 에르완을 설득하는 건 불가능했다. 나는 차고에서 나온 뒤 오두막에 있는 바카리와 프레드를 만나러 갔다.

난로 안에서 장작이 타고 있었다. 나는 둘에게 에르완이 세운 계획을 들려주었다.

바카리는 나만큼 걱정하지 않았다. 에르완이 뭔가 열심이라는 건 좋은 신호라고 생각하고 있었다. 기분 전환이 될 거라나. (나는 바카리가 사이비과학에 예민하게 반응하고 있다고 추측했다. 이 실험의 결과가 어떻게 될지 호기심이 생긴 눈치였다)

"그건 복수나 마찬가지잖아."

프레드가 얼굴을 찌푸리며 말했다.

나는 동의하지 않았다. 에르완은 다른 애들을 괴롭히고 싶어서 그러는 게 아니다. 불행이 더 골고루 나누어지기를 바라는 거다.

평화롭게 살아가던 애들은 세상이 생각처럼 만만하지 않다는 걸 알게 될 것이다.

"그러면 불행을 잔뜩 떠안고 살던 애들은 좀 편해지겠지."

에르완의 계획은 미친 생각 같았지만 불행을 골고루 나눈다는 아이디어에는 우리도 귀가 솔깃했던 것 같다. 그렇게 된다면 세상은 좀 더 공평하고 살기 좋아질 거다. 우리는 물론 우리 처지에서 생각한 것이다.

나는 우리가 마치 에르완이 발명하겠다는 기계가 실제로 만들어지기라도 한 것처럼 토론하고 있었다는 사실을 두 친구에게 깨우쳐 주었다. 우리는 바보가 된 기분이 들었다.

에르완은 이성을 잃어 가고 있었다. 우리가 무얼 할 수 있을까? 결국 우리는 무슨 일이 일어나는지 지켜

보기로 했다. (그래, 인정한다. 우리는 별로 용기가 없었다) 만약 에르완이 계속 고집을 부린다면 에르완네 부모님에게 이 일을 알려야만 할 것이다.

난로의 장작불 덕에 몸은 따뜻했다. 하지만 겨울은 우리를 온통 둘러싸고 있었다. 심지어 이제 막 시작된 겨울이었지만 우리는 겨울이 어서 끝나기만을 초조하게 기다리고 있었다.

그다음 날은 어두침침했다. 아침을 먹는 동안 짧지만 강력한 폭풍이 휘몰아쳤다. 지붕이 또 날아가 버리는 건 아닌가 싶었다. 그랬다가는 저녁 내내 물을 닦아 내야 할 것이다.

비는 종일 내렸다. 하지만 제대로 된 비가 아니라 축축하고 더러운 눈송이 같은 것이 떨어졌다. 하늘은 검은 구름으로 덮여 있었다.

일주일의 정학이 끝나고 나는 다시 수업을 듣기 시작했다. 학교 운동장에서 에르완을 눈으로 찾았다. 하지만 에르완은 운동장에 없었다. 에르완이 차고에서 그 기계를 만드는 모습이 떠올랐다. 마음이 아팠다.

나쁜 소식들을 더 완벽하게 만들어 줄 나쁜 소식이 또 하나 도착했다. 바카리네 아빠가 2년 동안 실업 수당을 받게 되었다. 하지만 서류를 처리하는 데 적어도 반년이 걸리기 때문에 그동안은 동전 한 푼 만져 볼 수 없단다. 앞으로 몇 달은 팍팍한 생활이 될 것이다. 프레드와 나는 주변에서 바카리네 아빠가 일할 만한 곳이 없는지 알아보았다. (프레드네 부모님은 아는 사람이 많지 않고 우리 아빠는 친구가 한 명도 없기 때문에 좋은 결과가 있으리라는 기대는 거의 하지 않았다)

점심을 다 먹자마자 감독 선생님들이 우리를 운동장에 모이게 했다. 놀라운 소식을 전해 주려는 모양이었다. 솔직히 나도 호기심이 생겨서 무슨 소식인지 알고 싶었다. '모든 게 다 우울하지는 않은' 분위기가 되돌아오지 않을까 하고 다시 희망을 품었던 것이다.

하지만 당연하게도, 놀라운 소식이라는 걸 듣자 맥

이 쭉 풀렸다. 교장 선생님이 나타나더니 (여러분, 주목! 놀라운 소식이 있어요!) 학교를 리모델링할 거라고 선언했다. 모두 환호를 질러 댔다. 바카리, 프레드, 나 그리고 몇 명을 제외하고 말이다. 믿을 수가 없었다. 우리는 학교를 찬찬히 둘러보았다. 이런 추한 건물을 리모델링한다고? 흉측한 리모델링의 모범이라도 보여 줄 셈인가? 이게 농담이야 뭐야?

이 학교는 부숴 버려야 한다. 그리고 아름다운 새 건물을 지어야 한다. 아름다운 것들이 있고, 아름다운 것을 창조할 수 있다. 그런데 왜 우리를 위해서는 아름다운 것을 만들어 주지 않지? 그걸 보면 어른들이 아이들과 교육을 어떤 태도로 대하고 있는지 알 수 있다. 바로 무시하는 태도다.

나는 수업을 듣는 척하며 하루를 보냈다. 사실은 수첩에 뭔가를 쓰고 그렸다.

삶은 해마다 달라진다. 새로운 해는 새로운 형태의 슬픔과 굴욕을 발견할 기회라고 말할 수 있다. 만약 슬픔과 굴욕이 금이나 다이아몬드라면 나도 내 친구들도 평생 일하지 않고 살 수 있을 테다. 하지만 현실은 그렇지 않다. 이제 슬픔 보석 부자 따위는 지긋지긋하다.

우리는 성장한다. 그러면서 부모님들이 전혀 갈피를 잡지 못하고 있다는 것을, 선생님들이 피곤하고 불행하다는 것을 알아차리게 된다. 이런 상황에서는 어른이 되고 싶어질 수가 없다.

어깨 위에 1톤쯤 되는 짐을 진 듯 발걸음이 무겁게 축 늘어졌다. 복도도 지겹고 계단을 오르락내리락하는 것도 지겨웠다. 수업 듣는 것도 공책과 책, 연필을 꺼냈다 다시 챙겨 넣는 것도 일어나는 것도 다른 교실로 가는 것도 지긋지긋했다.

나는 미트리다트 왕 이야기를 생각했다. 현명한 왕이었던 미트리다트는 아버지가 암살당했기 때문에 자신도 독살되지 않을까 두려웠다. 그래서 날마다 독약을 조금씩 마시면서 자기 몸을 독약에 길들였다. 나는 사람들이 우리가 어렸을 때부터 슬픔과 포기에 스스로 길들도록 교육한다는 인상을 받았다. 우리의 몸과 우리의 정신은 점점 그 독에 익숙해져서 끔찍한 일이 닥쳐도 마침내 더는 반응할 수 없기에 이른다. 우리는 더 이상 우리 삶에 반응할 수 없을 것이다. 슬픔과 우울은 더는 슬프지도 우울하지도 않은 것, 정상적인 것, 우리의 일상이 된다.

나는 그것이 나를, 우리 모두를 기다리고 있는 운명이라고 인정하고 말았다.

그날 프레드와 바카리 그리고 나는 서로 거의 이야기를 나누지 않았다. 쉬는 시간에 우리는 운동장에 있는 벤치에 말없이 나란히 앉아 있었다. 오두막에 다시 모이지도 않았다. 각자 집에 돌아간 우리는 착 가라앉은 기분으로 방에 머물렀다.

아빠는 나와 내 친구들이 힘든 시기를 지나고 있다는 것을 알게 된 뒤부터 인터넷 하는 시간을 줄였다. 불행히도 나는 세상에서 가장 행복한 아들 노릇을 해 줄 기분이 아니었다. 아빠는 나를 재미있게 해 주려고 애썼다. (결과는 안타까웠다. 유머 감각은 유전과는 관계없다. 그건 확실하다)

우리는 지난 몇 년 동안 집에서 요리를 거의 하지 않았다. 주로 냉동식품을 먹었다. (자세히 말하자면 냉동 라타투이였다. 아빠는 라타투이를 정열적으로 좋아했는데 라타투이에는 채소가 잔뜩 들어 있어서 샐러드를 곁들일 필요가 없기 때문이라고 했다. 종종 라타투이로 디저트마저 대신했다) 그러던 아빠가 집안에 활기와 기쁨을 되돌려 놓기 위해 신선한 식품을 사 왔다. 그리고 예전에 보던 요리책을 다시 꺼냈다.

부모란 놀랍다. 다들 부모란 변할 줄 모른다고 생각한다. 그리고 다들 부모에 대해 잘 알고 있다고 생각한다. 그런데 어느 날 갑자기 부모들은 자신을 스스로 돌아보고 진화할 수 있다는 것을 보여 준다.

물론 생선 라자니아는 전채로는 지나친 요리임이 틀림없다. (맛이 무시무시했다. 이제껏 먹어 본 적이 없는 맛없는 요리였다) 하지만 나는 아빠가 기울인 노력을 음미했다. 반면 사과 파이는 대성공이었다. (계핏가루가 들어 있던 병마개가 확 열리는 바람에 사과 맛을 별로 느낄 수 없었지만 그래도 나쁘지 않았다)

아빠는 일상으로 다시 돌아오는 중이었다. 저녁 먹은 다음 메신저로 채팅하던 시간을 줄였고 파자마 바람으로 환자들을 만나지도 않았다.

아빠에게 에르완의 계획이나 공평하게 만드는 기계에 대해서는 말하지 않았다. 에르완이 정신 나간 짓을 하고 있다고는 생각했지만 친구를 배신하고 싶지는 않았다.

아빠는 허브 티를 마시며 영화나 보자고 제안했다. 나는 숙제를 해야 한다는 핑계로 거절한 뒤 (갖은 애를 쓰는 아빠를 보고, 아빠에게 여자 친구와 채팅할 권리가 있다고 판단했기 때문이다) 방으로 올라가 그림을 그렸다.

다음 날 늦은 오후, 에르완이 학교에서 나오는 우리를 기다리고 있었다. 에르완은 선생님들이 자기를 알아보지 못하도록 비옷을 입고 모자를 눌러썼다. 그리고 우리에게 신호를 보냈다. 에르완이 그렇게 스파이처럼 차려입은 것을 보니 이상했다. 우리와는 반대로 에르완은 힘이 넘쳐 보였다. 우리는 지금은 이용되지 않는 버스 정류장 지붕 밑으로 들어갔다.

"기계가 완성됐어."

이제 끝장이다. 긴급 심리 치료사라도 불러야 하나?

우리는 발끝만 바라보며 중얼거렸다. 어쨌든 에르완은 행복해 보였다. 그래서 나는 신이 난 척하려고 애썼다. 프레드는 투덜댔고 바카리는 계속 신발만 쳐다보고 있었다.

에르완이 부추기는 바람에 케이크와 콜라를 샀다. 이 일을 축하해야 했다. 에르완의 즐거운 기분에 전염된 것처럼 행동하기는 꽤 어려웠다. 우리는 사형수처럼 에르완네 집으로 따라갔다.

차고 안은 철판, 전선, 다양한 연장들, 분해된 텔레비전, 컴퓨터 부품으로 발 디딜 데가 없었다. 에르완이 정리를 해 보려 했다. 거기서는 늘 화학 약품 냄새와 탄내가 강하게 풍겼다. 에르완이 여유롭게 움직이는 동안 우리 셋은 다닥다닥 붙어 서 있었다. 거미를 봤다고 생각한 바카리가 펄쩍 뛰었다.

차고 안쪽, 나무로 된 목공 선반 위에 그 기계가 모셔져 있었다.

기계는 비디오 게임기만 한 크기였다. 기계 윗면에 붙어 있는 크고 빨간 단추가 희미하게 빛났다.

왜인지는 모르겠지만 기계를 마주하자 그것을 진지하게 받아들일 수밖에 없어졌다. 기계는 거기, 실제로 존재하고 있었다. 혹시나 하는 마음이 들기 시작했다. 에르완이 정말 성공한 건가?

그럴 리가, 정신 차리자.

하지만 에르완은 이 계획을 실현하기 위해 몇 날 며칠을 (아마 밤도 새웠겠지) 보냈다. 우리 셋 중 누가 이건 허튼수작일 뿐이니 그만 좀 하라고 말할 수 있을까? 아무도 없다. 바로 얼마 전 심한 일을 당한 친구가 해낸 일을 어떻게 비웃을 수 있겠느냔 말이다. 우리는 이럴 수도 저럴 수도 없었다. 하지만 뭔가 말해야 했다. 이건 아니라고 표현할 방법을 찾아야 했다.

맨 처음 말을 꺼낸 건 바카리였다.

"난 별로야. 이 기계는 좀 잔인한 것 같아."

나라면 그런 표현을 쓰지 않았겠지만 바카리가 무

슨 말을 하는지는 알 수 있었다. 이건 나쁜 짓이라는 뜻이다. 균형을 바로잡기 위한 일이라고는 해도 이 일을 이끄는 힘은 정의가 아니라 공격성이었다. 정의라는 옷을 입은 공격성. 에르완이 말했다.

"넌 세상이 우리한테 잔인하게 군다는 생각은 안 들어? 다른 애들이 잔인하다는 생각은?"

"물론 들어. 그래도 우리까지 똑같이 해서는 안 되는 거잖아."

프레드가 대답했다.

"우리가 하는 게 아니야. 기계가 하는 거지. 이 기계가 다시 공평하게 만들어 줄 거야. 손 놓고 있는 게 지긋지긋해졌다고."

우리는 에르완에게 반대하기는 했지만 에르완을 이해하고 있었다. 우리도 똑같은 폭력성을 품고 있었다. 에르완에게 반대함으로써 에르완과 비슷한 욕망을 품고 있다는 사실을 숨기고 있었을 뿐이다. 어쩌면 결국 우리도 그렇게 착한 사람은 아닌 것 같다. 복수를 한다는 아이디어에 우리는 유혹당했고, 그래서 우리는 마음이 불편해졌던 것이다.

에르완이 다음 날 아침에 기계 설치하는 걸 도와 달라고 했다. 에르완의 계획은 이랬다. 기계를 학교에 가져다 놓고, 작동시키면, 다 잘될 거다.

에르완은 우리 친구였다. 우리는 친구를 내버려 둘 수 없었다. 어쨌든 이 기계는 움직이지 않을 테고, 우리는 에르완의 기운을 북돋아 주어야 한다. 나는 우리 셋의 이름을 걸고 꼭 에르완을 돕겠다고 말했다.

나는 거의 잠을 자지 못했다. 겨울이 자리를 잡은 후로는 춥지 않도록 침대 위에 담요와 오리털 이불을 몇 겹씩 겹쳐 깔았다. 난방이 잘 돌지 않는 데다 그나마도 아빠는 충분히 세게 틀지 않았다. (난방이 세면 건강에 나쁘다나. 그리고 무엇보다 가스 요금이 잔뜩 나오면 메울 방법이 없다고 한다)

에르완이 로봇으로 변해 학교 아이들을 마구 죽이는 악몽을 꾸었다. 나는 자명종이 울리기 두 시간이나 전에 깨고 말았다. 아무것도 할 수가 없었다. 그래서 침대 위에 앉아 날이 밝는 모습을 지켜보았다. 아침도 먹지 못했다.

우리는 아침 수업이 시작되기 전에 만났다. 모두 눈이 때꾼했다. 에르완은 더 마른 것처럼 보였다. 그래도 우리 중에서 가장 힘이 넘치는 건 에르완이었다.

정확히 11시 11분, 에르완은 역사 수업 시간에 화장실에 간다는 핑계를 대고 교실에서 빠져나왔다. 나, 바카리, 프레드도 같은 수법을 써서 각자 교실을 빠져나왔다. 우리는 화장실 앞에서 만났다.

화장실은 학교 한가운데인 홀 쪽에 있다. 그곳에 기계를 설치하려는 계획은 아주 논리적인 결정으로 보였다.

망을 보기로 한 프레드는 우리가 자기에게 시간 낭비를 시키고 있다는 뜻을 분명히 전하기 위해 한숨을 쉬었다. 그리고 에르완이 어떻게 하는지 지켜보기 위해 문간에 자리를 잡았다. 에르완은 배낭의 지퍼를 열고 안으로 손을 쑥 집어넣었다. 그런 뒤 기계를 꺼내

땅에 내려놓았다.

바카리와 나는 뒤로 물러섰다.

에르완이 빨간 단추 위에 오른손을 올렸다.

나는 에르완이 망설이는 것을 보았다. 내가 알던 에르완, 다정하고 친절하던 에르완의 눈빛으로 돌아가는 것을 보았다.

우리는 모두 긴장하고 있었다. 어처구니없어 보이겠지만 우리는 여기서 벌어지는 일을 대단히 진지하게 받아들이고 있었다.

에르완의 손이 천천히 빨간 단추를 눌렀다.

기계는 꿀벌 떼가 지나갈 때처럼 심하게 윙윙거리기 시작했다. 그리고 바닥에서 부르르 떨었다. 에르완이 손을 뗐다. 우리는 더 멀찍이 물러났다.

강력한 열기가 뿜어져 나오는 것 같은 느낌이 들었다. 얼굴이 화끈거리며 말라 갔다. 관자놀이가 찌르는 듯 아팠다. 심장이 쿵쿵 뛰었다. 나는 겁에 질렸다. 바카리는 손으로 귀를 막고 있었다. 프레드는 눈썹을 움

찔거렸다. (감시 임무는 내팽개치고 화장실 안에 들어와 있었다) 하지만 아주 잠깐 동안이었다. 사방은 다시 조용해졌다. 무겁고 불쾌한 침묵이 내려앉았다.

에르완은 그다지 불편해 보이지 않았다. 에르완은 기계를 들어서 나에게 건넸다. 나는 잠시 망설이다가 조심스럽게 기계를 받았다. 기계는 작은 동물처럼 따스했고 계속 웅웅대고 있었다.

에르완이 쓰레기통을 세면대 앞에 가져다 놓더니 그 위에 올라가 천장 판 하나를 뜯어냈다. 그리고 내 손에서 기계를 받아 천장 위 공간으로 밀어 넣었다. 그런 다음 천장 판을 다시 제자리에 끼웠다.

우리는 1, 2분 기다렸다. 에르완이 나가려 했지만 내가 길을 막았다. 학교가 완전히 바뀌어 있을까 봐 두려웠다.

프레드가 문을 밀었다. 홀에는 아무도 없었고 모든 것이 정상으로 보였다. 우리는 다시 교실로 돌아갔다.

우리는 그 기계를 믿지 않았다. 하지만 온종일 다른 아이들을 눈으로 좇으며 살피지 않을 수 없었다.

이 학교에는 모든 것을 가진 아이들이 제법 있다. 물론 겉보기에 그럴 뿐이지 완벽한 삶이란 없다는 걸 나는 알고 있다. 그래도 그 애들은 꽤 많은 상황에서 이득을 본다. 행복과 불행이 불공평하게 주어진다는 건 사실이다. 걔들은 돈도 많고 인기도 좋고 절대 아프지도 않다. 유행하는 옷을 입고 성적도 좋다. 걔들 부모님은 죽지도 않았고 실업자가 되는 일도 없다. 그런 애들이 학교를 지배하고 있다. 어딜 가든 느긋하다. 멋진 그 아이들은 우리를 무시한다.

나는 마음 한구석에서 그 기계가 정말 작동하기를 간절히, 간절히 바라고 있었다.

#04

행복과 불행의 변화

하지만 날 두렵게 만든 건 에르완의 사악한 생각이
아니었다. 내가 더는 에르완을 믿지 못하게 되었다는
사실이 가장 두려웠다. 친구를 잃어버린 것 같은 느
낌이 들었다. 다른 아이들에게 불행이 닥칠수록 나는
슬퍼질 것이다.

상황이 급박해졌다. 그 소식은 오후 쉬는 시간에 전해졌다. 어떤 아이가 체육 시간에 다쳤다고 했다. 보통 아이가 아니었다. 언제나 행운의 여신이 미소를 지어주는 것 같은 아이였다. 눈 감고 고속도로를 건너도 차에 치이지 않을 것 같은 아이, 저 애는 평생 승승장구할 거라고 모두 입을 모아 말하는 그런 아이였다.

나, 바카리, 프레드는 서로 쳐다봤다. 물론 에르완의 기계가 무슨 영향을 미쳤을 거라고는 생각하지 않았……지만, 그래도 어쨌든 찜찜한 기분이 들었다. 나중에 우리는 그 애의 상처가 꽤 심각하다는 사실도 알게 되었다.

우리는 에르완을 찾아보았다. 우리가 쉬는 시간이면 모이는 운동장 한구석에도 에르완은 없었다. 결국 홀까지 찾아본 뒤에야 검은 공책을 들고 벤치에 앉아 있는 에르완을 발견할 수 있었다.

에르완의 눈이 빛나고 있었다. 나는 진심으로 걱정이 되기 시작했다. 나는 에르완에게 뭘 하고 있느냐고 물었다. 에르완은 아이들 사이에 나타난 행복과 불행의 변화를 기록하고 있다고 대답했다.

"멍청한 생각이야."

내가 에르완에게 말했다. 그러자 에르완이 대답했다.

"기계가 작동하고 있어. 괴로워했던 애들은 덜 괴로워지고, 괴롭지 않았던 애들은 괴로워하고 있다고. 봐, 마르탱. 이제 더 공평한 세상이 됐어."

나는 에르완이 자기가 보고 싶은 사실만 보고 있다고 생각했다. 에르완은 현실을 자기 마음대로 바꾸어

해석하고 있었다. 기계는 작동하지 않았고 아무것도 달라지지 않았다. 증거를 대라고? 바카리네 아빠는 여전히 실업자고 우리 중 누구도 형편이 나아지지 않았다는 게 바로 그 증거다.

하지만 날 두렵게 만든 건 에르완의 사악한 생각이 아니었다. 내가 더는 에르완을 믿지 못하게 되었다는 사실이 가장 두려웠다. 친구를 잃어버린 것 같은 느낌이 들었다. 다른 아이들에게 불행이 닥칠수록 나는 슬퍼질 것이다.

나는 에르완의 부모님을 만나기로 마음먹었다. 에르완은 도움이 필요했다. 폭행을 당했을 때 뇌를 다쳐서 이렇게 정신이 나간 건지도 모른다.

에르완은 내가 보이지 않는 것 같았다. 다른 아이들을 관찰하는 데 완전히 정신이 팔려 있었다. 아이들을 살펴보고 이야기를 엿듣고 의심스러운 기색을 살피는 등, 기계가 잘 돌아가고 있다는 증거를 찾았다.

나는 에르완을 그냥 내버려 두고 일어섰다. 가슴이

아팠다.

조금 뒤, 가장 인기 있는 여자애 중 하나가 천식 발작을 일으켜서 입원하게 되었다.

전부 다 일어날 수 있는 일이다. 나도 알고 있다. 하지만 나와 바카리와 프레드는 죄책감을 느꼈다.

에르완이 우리를 찾으러 왔다. 아주 의기양양했다. 에르완은 검은 공책을 트로피처럼 치켜들었다.

"우연일 뿐이야."

프레드가 말했다.

"내기할래?"

에르완이 대답했다.

프레드는 어깨를 으쓱하고 가 버렸다. 나는 프레드의 성격이 부러웠다. 그렇게 솜씨 좋게 화를 내고 나 몰라라 해 버리면 우리끼리 알아서 해결하라는 듯 사라져 버려도 잡을 구실이 없다. 수업 시작을 알리는 종이 울렸다. 에르완이 우리에게 자기 일을 계속 도와달라고 부탁했다. 하지만 바카리는 몸이 좋지 않다며 거절했다. 에르완의 편이 되어 에르완을 지켜 줄 사람은 나뿐이었다. 이번 일은 새로운 결말을 불러일으키고 있었다. 우리의 단결력에 대해 다시 생각해 보게 된 것이다.

아이들이 모두 교실로 돌아가자마자 에르완은 화장실로 갔다. 그리고 기계를 꺼내 가방에 넣더니 자기를 따라오라고 했다. 에르완은 행정실이 있는 건물 쪽으로 향하고 있었다. 뭔가 속셈이 있는 게 분명했다.

학생은 행정실 건물에 들어가지 못하게 되어 있다. 이해할 만한 이유가 있는 건 아니다. 아마 누가 들어갔다가 잡히기라도 하면 교장은 그 녀석이 대가를 치르는 꼴을 보며 즐거워할 것이다.

나는 내가 왜 에르완을 따라왔는지 스스로 물어보았다. 내가 어떻게 해야 할지 모르는 비겁한 놈이라서 그런 걸까? 아니면 굉장히 좋은 친구다 보니 제 갈 길을 모르는 친구 곁에 있어 주고 싶은 걸까? 솔직히 말해서 잘 모르겠다.

에르완이 나에게 망을 봐 달라고 했다. 나로서는 사실 그대로 하는 수밖에 다른 해결책이 없었다. 에르완은 교장실 맞은편에 있는 화장실로 들어갔다. 그리고 아까처럼 천장 위 공간에 기계를 설치했다.

이번에 에르완이 노리는 표적은 교장이었다.

교장을 동정할 마음은 없었다. 하지만 나는 에르완에게 기계가 작동하지 않는다는 사실을 증명하고 싶었다. 우리는 각자 교실로 향했다. 나는 우리 반으로 들어가는 대신 벽 뒤에 숨어 에르완이 자기 교실로 들어가기를 기다렸다. 그러다가 교장실 앞에 있는 화장실로 되돌아갔다. 재빨리 움직여야 했다. 쓰레기통 위에 올라가 기계를 끄집어냈다. 기계를 넣기 위해서는 가방 속에 들어 있던 책을 꺼내야 했다. 나는 책을 옆구리에 끼고 교실로 돌아갔다. 수업에 몇 분 늦었다고 벌을 받았다. 하지만 상관없었다.

그날 에르완네 반 수업은 꽤 늦게 끝났다. 나는 현관에서 바카리를 기다렸다. (프레드도 늦게 나왔다) 나는 바카리에게 내가 무슨 일을 했는지 말해 주었다. 내가 기계를 갖고 있다고 말하자 바카리는 내게서 한 발 물러섰다.

"이게 바로 진정한 친구의 반응이로군."

바카리가 뭐라고 더듬거리더니 다시 내 곁으로 다가왔다. 우리는 어떻게 해야 할지 토론했다. 에르완네 부모님에게 사실을 알려야 한다. 바카리도 이 생각에 동의했다. 이번 일은 정말 심각한 상황으로 치닫고 있었다.

우리는 에르완네 집 쪽으로 향했다. 일이 잘 풀릴 거라는 보장이 없었다. 우리는 친구를 배신하려는 중이었다. 하지만 할 수 있는 게 그것밖에 없다. 정말 그럴까? 에르완네 집이 가까워질수록 나는 점점 자신이 없어졌다. 우리는 일단 에르완네 집 앞까지 왔다. 나는 바카리에게 조금만 더 기다려 보자고 말했다. 에르완에게 한 번 더 기회를 주자.

그러나 일단 외부인의 의견이 필요했다. 내가 믿을 수 있으면서, 당황하지 않고 행동할 수 있는 사람의 의견. 바카리와 나는 우리 집으로 갔다. 나는 내 심리 치료사 선생님에게 전화를 걸어 기계에 대해 설명하고 에르완이 어떻게 변했는지 말했다.

선생님은 아무 대답도 하지 않았다. 나와 상담을 할 때 선생님은 가끔 아무 말도 하지 않을 때가 있다. 하지만 전화로 느끼는 침묵은 훨씬 더 낯설고 강력했다.

"네 친구는 위기를 겪고 있구나."

마침내 선생님이 말했다.

"고맙습니다. 저도 눈치챘어요. 저는 걱정이 돼요."

"그야 당연하지. 그 애는 네 친구니까."

내 선택이 옳았다. 선생님은 기계에 호기심을 보이며 기계를 자기 진료실로 가져다 달라고 부탁했다. 당연히 바카리는 나를 보내 주었다. 걔네 부모님은 아들이 저녁에 시내를 헤매고 다니는 걸 허락하지 않을 것이다. 바카리는 저녁을 먹으러 돌아가야 했다. 우리 아빠로 말하자면 별로 걱정하지 않을 것이다. 아빠는 가상 세계의 인간관계를 유지하느라 무척 바쁘다. 도서관에서 공부하고 있다고 말하면 된다. (이 시간이면 도서관은 문을 닫지만 그건 아빠가 모르는 정보다)

심리 치료사 선생님을 만나러 가는 길에 나는 내 생각과 질문을 정리하곤 한다. 그러면 머릿속에 질서가 잡힌다.

나는 이제까지 일어난 모든 일을 되짚어 보았다. 그

러자 흥분과 거리를 둘 수 있게 되었다. 나는 보나세라 선생님이 쓰던 칠판을 떠올리며 지난 며칠 동안 일어난 모든 사건을 하나씩 종이에 써서 그 칠판에 붙여 보았다. 사건들은 마치 수학 문제처럼 보였다. 그리고 문제는 풀리게 마련이다. 문제에는 해법이 있으니까. 찬찬히 살펴보면서 시간을 들이기만 하면 된다.

심리 치료 선생님의 일과는 늦은 시간에 끝난다. (대신 정오가 거의 다 되어서야 상담을 시작한다. 선생님은 늦잠 자는 걸 좋아하는 것 같다) 대기실에 환자가 한 명 있었다. 나는 치료를 받으러 온 게 아니라는 걸 분명히 알리기 위해서 앉지 않고 서 있었다.

문이 열리고 환자가 한 명 나왔다. 선생님이 문틈으로 머리를 내밀더니 나를 보고 들어오라고 손짓했다.

여기 와 있다는 게 왠지 낯선 기분이 들었다. 나를 위해서 오지 않았기 때문이다. 그렇다고 해도 잘 생각해 보면 조금은 나를 위해서 온 것이기도 했다. 내가 에르완을 어떻게 도와주면 좋을지, 어떻게 행동해야 할지 몰라서 온 거니까.

나는 가방에서 기계를 꺼내 선생님에게 건넸다. 선생님은 기계를 낮은 탁자 위에 내려놓았다. 그리고 기계를 고정하고선 작동 단추를 눌렀다. 기계는 부르르 떨며 테이블 위에서 움직였다. 선생님이 기계를 잡았다. 기계를 들고 무게를 가늠해 보더니 흔들기도 했다가 귀에 대 보기도 했다. 마침내 선생님은 서랍을 열고 칼을 꺼냈다.

"내가 요 녀석에게 잠깐 외과 수술을 해 줘도 괜찮겠니?"

나는 고개를 끄덕였다.

선생님은 칼날로 나사못을 빼고 플라스틱판을 떼어 내려고 힘을 주었다. 기계가 딱딱거렸지만 선생님은 뚜껑을 떼어 냈다. 우리는 기계의 심장부를 볼 수 있었다. 안에는 아무것도 없었다. 거의 텅 비어 있는 거나 마찬가지였다. 선생님은 부품들을 칼끝으로 가리키면서 하나하나 살펴보았다.

"열을 만들어 내는 저항이 하나, 통풍기 하나, 진동판 하나. 이 기계엔 전혀 특별한 점이 없구나. 소리를 내는 게 목적인 기계야. 네 친구는 영리하고, 미치지 않았어."

선생님의 이야기에 따르면, 이건 에르완이 선택한 저항 수단이었다. 공평하게 만드는 기계는 당연히 존재할 수 없다. 에르완도 알고 있었다. 하지만 에르완은 머릿속에 떠오른 아이디어를 다른 사람들이 볼 수 있게 실현할 필요가 있었다. 상징을 탄생시킨 것이다.

선생님은 아마 에르완이 기계의 힘에 대해 환상을 품었을 거라고 말했다. 사람들이 부적에 힘이 있다고 믿는 것처럼 말이다. 하지만 에르완은 그것이 공상에 지나지 않는다는 점 또한 알고 있었다. 다만 자기가 지어낸 이야기가 마음속 굉장히 괴로운 어떤 부분을 표현해 주었기 때문에 그 이야기에 몸을 내맡기고 있었던 것이다. 덕분에 에르완은 고통을 밖으로 드러낼 수 있었다.

"다 지나갈 거야."

선생님이 말했다. 우리가, 친구들이 있으니까, 우리
가 행동하고 있으니까, 따뜻한 우정의 힘을 모두 쏟아
에르완이 잘못되는 걸 막고 있으니까, 다 지나갈 거라
고. 기계를 빼돌린 건 정말 좋은 생각이었다.

나는 에르완의 부모님께 이야기하는 게 좋겠냐고
선생님에게 물었다. 아니, 그럴 필요는 없었다.

선생님은 나사못을 다시 조이고 기계 뚜껑이 잘 닫
혀 있도록 스카치테이프를 붙였다. 나는 기계를 다시
가방 속에 챙겨 넣고 밖으로 나왔다.

선생님과 대화를 하고 나자 마음의 짐이 한결 가벼
워졌다. 나는 기계를 오두막에 가져다 놓았다.

집에 돌아왔을 때 아빠는 내가 늦는 것에 조금 초
조해하며 거실에서 나를 기다리고 있었다. (준비해 둔
도서관 핑계를 댔다) 나는 아빠가 좀 걱정하는 건 그
리 기분 나쁘지 않다고 털어놓았다. 어쨌든 자식을 걱
정하는 건 아빠의 임무 중 하나니까.

교장이 교통사고를 당했다. 소식은 학교 안에 순식간에 퍼졌다. 아침에 학교에 도착했더니 프레드가 이 사실을 알려 주었다. 교장은 무사했지만 하마터면 크게 다칠 뻔했다고 했다. 자동차가 휴짓조각처럼 구겨졌다니 말이다.

나는 프레드와 바카리가 모르고 있던 사실을 가르쳐 주었다. 내가 교장실 근처 화장실에서 기계를 다시 꺼내 왔고 내 심리 치료사 선생님이 기계를 뜯어 봤다는 이야기 말이다. 기계는 안에 달랑 세 가지 부품이 들어 있는, 쇠와 플라스틱으로 만든 평범한 상자로 밝혀졌다는 것도 덧붙였다. 프레드와 바카리가 정말로 그 기계에 힘이 있다고 믿은 건 절대 아니었지만, 어쨌든 내가 해 준 이야기 덕분에 사실을 확인하고 안심할 수 있었다.

우리는 홀 안 벤치에 앉아 있는 에르완을 발견했다. 에르완은 교장의 사고 소식을 믿지 못하고 있었다. 신이 나 있지도 않았다. 수첩을 꺼내 놓지도 않았다. 에르완은 특정한 사람을 목표로 삼았고 그 사람에게 사고가 일어났다.

"이유를 모르겠어."

에르완이 말했다. 공격적인 태도가 사라지고 없었다. 피곤한 얼굴도 아니었고 눈빛이 이상하게 번뜩이지도 않았다. 우리는 우리가 알던 에르완을 되찾았다. 에르완은 며칠 동안 마음의 감기에 걸렸다가 드디어 다 나은 것만 같았다.

"그 기계가 작동하리라고 진심으로 생각한 적은 한

번도 없어. 그런데 효과가 나타나다니, 이유를 모르겠어. 내가 뭔가 끔찍한 장난을 쳤나 봐. 모르겠어."

"이 멍청아. 우린 네가 미친 줄 알았어."

프레드가 말했다.

"꽤 무서웠다고."

바카리가 덧붙였다.

"나는 뭔가 하고 싶었어."

"그래서 아무거나 막 하기로 했구나. 우리도 좀 괴롭히고."

내가 말했다.

"미안해."

에르완이 사과했다. 우리끼리는 미안할 게 없었다. 에르완은 전처럼 우리 친구가 되었고 우리 모임은 다시 완벽해졌다.

#05

완전히 쓸모없는 것은 없다

"행복과 불행을 평등하게 나누어 주는 게 딱 하나 있구나. 바로 시간이지. 두고 보면 알게 될 거야. 세상에서 가장 행복한 십 대가 세상에서 가장 행복한 어른이 되는 건 아니거든. 정말 재미있는 걸 만들어 내는 애들은 제일 괴짜인 녀석들이지. 물론 시간이 걸릴 테고 쉽지는 않을 거야. 하지만 결국엔 그렇게 되더라고."

수업이 끝나고 나서 우리 넷은 오두막으로 갔다.

우리는 테이블에 둘러앉았다. 내가 기계를 켰다. 기계가 웅웅거리는 소리가 친근하게 들렸다. 기계는 이제 두려운 무언가가 아니라 상처받은 친구의 발명품, 친구의 괴로움과 정의에 대한 바람의 표현으로 보였다. 에르완이 빨간 단추를 눌러서 기계를 껐다. 그리고 기계를 불태우자고 제안했다. 나는 찬성하지 않았다. 이 기계는 이제 우리 추억의 일부가 되었다. 선반 위에 잘 보이도록 전시할 가치가 있었다. (일단 선반을 만들

어야겠지만. 오두막에는 아직 선반이 하나도 없다)

우리는 밖으로 나왔다. 석양에 비친 공터는 아름다웠다. 버려진 타이어와 부서진 가구의 그림자가 낯설면서도 황홀한 경치를 그려 내고 있었다.

우리는 큰 양철통에 나무토막을 던져 넣고 불을 피웠다. 불꽃이 검은 밤하늘 위로 높이 솟아올랐다.

30분쯤 지나자 열기에 몸이 따뜻해졌다. 우리는 서로 어깨를 맞대고 불꽃을 바라보았다.

우리는 종종 이 공터가 나중에 무엇이 될까 서로 묻곤 했다. 영화관, 수영장, 경기장, 녹음실 같은 답이 나왔었다. 하지만 우리는 어느새 이곳을 친근하고 따스한 장소로 만들었다.

우리 오두막을 지음으로써 우리는 이 공터를 살려 냈다. 이제 여기는 쓸모 있는 곳이다. 이곳에 무언가가 지어졌다. 살다 보면 때로 기쁨을 느끼는 순간이 있다. 우리가 스스로 기쁨을 만들어 낼 때 그 기쁨은 더욱 커진다. 완전히 쓸모없는 것은 없다.

집으로 돌아오자 맛있는 냄새가 나를 반겨 주었다. 아빠가 스튜를 준비한 것이다. 고기가 질겼지만 그래서 오히려 더 맛있었다. 나는 드물게 많이 먹었다. 몇 번이나 스튜를 더 떠서 먹었다.

이제 모든 일이 끝났으니 아빠에게 무슨 일이 있었는지 이야기할 차례였다. 나, 프레드, 바카리, 에르완은 다른 애들보다 더 불행하고 더 힘든 게 불공평하다고 느꼈다. 나는 에르완이 발명한 기계에 대해 설명했다. 아빠는 훌륭한 아이디어라고 말했다. 하지만 아이디어로만 남았어야 했다고 덧붙였다. 그런 기계란 절대 존재할 수 없다. 그리고 그런 게 생기기를 바라서도 안 된다. (이 부분에서 아빠는 좀 망설이는 것 같았다. 어쩌면 솔직히 말한 게 아닐 수도 있다. 교육상 좋은 말을 하고 싶었던 거겠지)

그러더니 아빠는 보나세라 선생님을 만나 보겠다고 말했다. 그러면 선생님을 도울 방법을 찾을 수 있을 것이다. 친애하는 보나세라 선생님을 말이다. 나는 아빠에게 고맙다고 인사하고 부랴부랴 바카리에게 전화를 걸었다.

아빠와 나는 푸딩을 먹으면서 영화를 보았다. 그 뒤 내가 이를 닦고 있을 때 아빠가 화장실로 왔다. 아빠는 욕조 가장자리에 걸터앉아 이렇게 말했다.

"행복과 불행을 평등하게 나누어 주는 게 딱 하나 있구나. 바로 시간이지. 두고 보면 알게 될 거야. 세상에서 가장 행복한 십 대가 세상에서 가장 행복한 어른이 되는 건 아니거든. 정말 재미있는 걸 만들어 내는 애들은 제일 괴짜인 녀석들이지. 물론 시간이 걸릴 테고 쉽지는 않을 거야. 하지만 결국엔 그렇게 되더라고."

나는 잠자리에 누워 그 말을 한참 곱씹어 보았다. 아빠 말이 맞을지도 모른다. (예외인 사람도 있을 것이다. 그중 한 사람으로 보나세라 선생님이 떠올랐다) 내 미래를 상상하기는 어렵지만 나도 내 이상한 면을 가지고 뭔가 만들기 위해 온 힘을 다할 것이다. 어떻게 해서든 말이다.

나의 별난 짓 컬렉션에 이제까지 없었던 변화가 한 가지 나타났다. 운동을 하기로 한 것이다. 나는 배가 불룩 나온 40대 아저씨가 되고 싶지 않다. 그래서 매일 아침 달리기를 하고 있다. (이틀이 지나자 토요일에만 뛰는 것이 합리적일 것 같다는 생각은 들었다)

무슨 일이 있어도 공개적으로 인정할 수는 없지만 (그리고 절친한 친구들에게도 절대로 말하지 않을 거지만) 사실 슈퍼 히어로들의 영향을 좀 받았다. 세상엔 허약한 슈퍼 히어로는 없는 것 같다. 그래서 근육을 단련하기 위해 노력해 볼 생각이다.

나는 모래주머니를 두 개 만들어서 자기 전에 스무 번씩 들어 올리고 있다. (아빠가 모르게 하려고 모래주머니를 침대 밑에 숨겨 놓았다. 분명 아빠는 나를 놀려대면서 입바른 소리만 할 테니까) 팔 굽혀 펴기와 복근 운동도 하고 있다. 에르완이 당한 공격과 내가 운동하기로 한 결정 사이에는 아무 관계도 없다.

이게 우스운 짓이라는 건 잘 알고 있다. 보통 때였으면 웃고 넘어갔을 것이다. 하지만 이번엔 달랐다. 나는 허약한 말라깽이고 계속 이렇게 있고 싶지 않다. 그게 환상이라는 것도 다 알고 있다. 나는 절대 근육질 몸매를 가진 강한 남자가 되지 못할 것이다. 하지만 한 번 해 보는 것 말고는 다른 방법이 없다. 그러다 보면 지나가겠지, 이렇게 상상할 뿐이다. 참 웃긴 시기다.

학교생활이 다시 시작되었다. 가슴 뛰는 일 같은 건 늘 그랬듯이 별로 없다. 인기 좋은 애들은 줄곧 인기가 좋고, 부자인 애들, 즐거운 애들, 건강한 애들, 공부 잘하는 애들도 여전하다. 우리도 여전히 좀 이상한 애들이다. 하지만 다 그런 거다. 우리는 부적응자 클럽이고 그게 우리한테 어울린다.

토마스 B. 르베르디와 마린 쥐뱅에게 감사를 보냅니다.

'왕따 클럽'을 만들어 낸 스티븐 킹을 생각하며

행복을 만들어 가는 행복

　나를 비롯해 많은 사람들이 에르완이 생각한 '공평하게 만들어 주는 기계' 같은 걸 만들고 싶었던 적이 있을 것이다. 에르완의 발명품이 사실 아무 효력도 없는 단순한 기계 장치로 밝혀졌을 땐 살짝 실망스럽기도 했다. 소설 속 이야기이긴 하지만 정말 그런 기계가 있다면 조금 통쾌할 것도 같았으니까. 세상에는 다른 사람들의 마음을 아프게 하고도 자신은 즐겁고 편안하게 살아가는 사람들이 있다. 그런 사람들에게도 불행이 돌아가야 공평할 텐데 말이다. 하지만 마르탱과 친구들은 현명했다. 남들이 불행해진다고 내가 행복해지는 게 아니란 걸 알았던 것이다.

그렇다면 행복이란 과연 무엇일까? 여러 가지 답이 있겠지만 행복을 두 종류로 나눌 수 있을 것 같다. '다른 사람이 기준인 행복'과 '내가 기준인 행복'으로. '다른 사람이 기준인 행복'은 아마도 수많은 사람이 바라고 부러워하는 행복일 것이다. 돈이 많다든가 얼굴이 예쁘다든가 성적이 좋다든가 인기가 많다든가 하는 거 말이다. 이런 조건을 갖춘다고 반드시 행복하진 않다는 건 다들 잘 알고 있겠지만 어쨌든 그런 사람들은 그렇지 않은 사람들보다 행복해 보이는 경우가 많다.

반면 '내가 기준인 행복'은 종류가 아주 다양하다. 마르탱은 친구들과 함께 비밀 본부에서 만화책을 읽으며 이야기를 나눴을 때나 독특하지만 열정적인 수학 교사 보나세라 선생님을 만났을 때 행복을 느꼈다. 에르완은 발명에, 프레드는 음악에, 바카리는 천체물리학에 푹 빠져 있다. 이 친구들은 공부를 잘하거나 누구나가 부러워하는 인기인은 아니지만 나름의 행복속에서 살아가고 있었다. 그런 의미에서 '부적응자 클럽'은 '나만의 행복을 추구하는 사람들의 모임'으로도 볼 수 있을 것이다.

하지만 '자기만의 행복'을 찾는다는 건 무척 어렵다. 일단 무엇을 해야 행복해질지부터 고민해야 하니까. 게다가 다른 사람들이 나를 이해하지 못할지도 모른다. 심지어 가족이나 친한 친구조차도 그럴 수 있다. 부적응자 클럽 회원들도 괴롭힘을 당했다. 에르완은 크게 다치기까지 했다. 왜 그런지 이유를 설명하기는 쉽지 않지만 다들 하는 대로 따라가지 않는 사람은 은근히 무시나 따돌림을 당하는 경우가 많다. 그래서 사람들은 나만의 행복을 고민해서 얻으려 하기보다 더 분명해 보이는 행복을 위해 노력하곤 한다.

대신 '다른 사람이 기준인 행복'엔 함정이 있다. 남들이 정해 준 행복을 추구하며 살다 보면 어느 날 갑자기 마음이 툭 내려앉듯 허전한 기분이 들지 모른다는 거다. 더군다나 그런 행복은 조금만 불행이 닥쳐도

무너지기 쉽다. 부모님의 실직이나 작은 사고 같은 불행은 언제든 찾아올 수 있다. 반면에 내가 고민하고 노력해 얻은 행복은 배신하는 일이 드물다. 스스로 어떻게 하면 행복해지는지 아는 사람은 불행이 닥쳐도 이겨 낼 힘을 더 쉽게 얻을 수 있다.

사실 남들이 뭐라 하든 내가 생각하는 행복을 만들어 가는 건 무척 용기가 필요한 일이다. 그래서 우리는 행복을 지키기 위해 행동하고 노력해야 한다. 에르완이 마음의 상처를 달래기 위해 '공평해지는 기계'를 만들고, 마르탱과 프레드가 보나세라 선생님을 보호하기 위해 교장 선생님에게 편지를 쓴 것처럼. 마르탱도 "우리가 스스로 기쁨을 만들어 낼 때 그 기쁨은 더욱 커진다."고 하지 않았나. 행복해질지 어떨지 알 수 없지 않으냐고? 어쩌겠는가, "한번 해 보는 것 말고는 다른 방법이 없"는 걸. 행복해지기 위해 일단 한번 시작해 보는 거다. 그리고 응원해 줄 친구들을 찾아보자. '부적응자 클럽'에는 의외로 숨은 회원이 많다.

푸른봄 문학 ⑭

더러운 나의 불행 너에게 덜어 줄게

(원제: Le club des inadaptés)

마르탱 파주 지음 | 배형은 옮김

초판 발행일 2013년 4월 19일에 | **2쇄 발행일** 2019년 4월 5일
펴낸이 조기룡 | **펴낸곳** 내인생의책 | **등록번호** 제10−2315호
주소 서울시 서초구 나루터로 60 정원빌딩 A동 4층
전화 (02)335−0445 | **팩스** (02)6499−1165
전자우편 bookinmylife@naver.com
주간 한소원 | **편집장** 이은아 | **책임편집** 손유진
편집 김지연, 황윤진, 강길주, 조일현, 김수령, 이채령, 이다겸
디자인 한은경, 심재원 | **마케팅** 김상석

LE CLUB DES INADAPTES _Martin Page
Copyright © L'ECOLE DES LOISIRS (Paris), 2010
Korean Translation Copyright © TheBookinMyLife Publishing Co. Ltd., 2013
All rights reserved.
This Korean edition was published by arrangement with
L'ECOLE DES LOISIRS (Paris)
through Bestun Korea Agency Co., Seoul

이 책의 한국어판 저작권은 베스툰 코리아 에이전시를 통해 저작권자와의
독점계약으로 내인생의책에 있습니다. 저작권법에 의해 한국 내에서
보호를 받는 저작물이므로 무단전재와 무단복제를 금합니다.

ISBN 978-89-97980-29-1 (43860)
(CIP제어번호 : 2013001540)

* 책값은 뒤표지에 있습니다.
* 잘못된 책은 구입처에서 바꾸어 드립니다.